MW01713909

À Josée Poirier
et aux tout-petits de «la douce école»

la courte échelle
Les éditions de la courte échelle inc.

Les éditions de la courte échelle inc.
5243, boul. Saint-Laurent
Montréal (Québec)
H2T 1S4

Conception graphique: Derome design inc.
Révision des textes: Pierre Phaneuf

Dépôt légal, 3e trimestre 1997
Bibliothèque nationale du Québec

Copyright © 1997 Les éditions de la courte échelle inc.

La courte échelle est inscrite au programme de subvention globale du Conseil des Arts du Canada et bénéficie de l'appui de la SODEC.

L'auteure remercie le Conseil des arts et des lettres du Québec pour son appui financier.

Données de catalogage avant publication (Canada)

Dubé, Jasmine

L'ourson qui voulait une Juliette

(Il était une fois...; 6)

ISBN 2-89021-302-1

I. Franson, Leanne. II. Titre. III. Collection: Il était une fois... (Montréal, Québec), 6.

PS8557.U2246097 1997 jC843'.54 C97-940231-X
PS9557.U2246097 1997
PZ23.D82Ou 1997

Texte de Jasmine Dubé
Illustrations de Leanne Franson

L'ourson qui voulait une Juliette

la courte échelle
Les éditions de la courte échelle inc.

Il était une fois un petit ours qui habitait dans une forêt avec ses parents. C'était un ourson sympathique, plutôt mignon, pas trop grognon, amateur de champignons et de bonbons.

Mais le petit ours s'ennuyait.

Un après-midi, alors qu'il se promenait, il aperçut une fillette qui jouait près d'une épinette. L'ourson se cacha pour l'observer. La fillette portait des lunettes, une casquette et une jupette.

Près d'elle, deux grandes personnes cueillaient des fraises. Ils appelaient la petite «Juliette». Comme c'était joli, une Juliette.

Au bout d'un moment, les trois montèrent dans une voiture qui démarra dans un bruit d'enfer. Même s'il avait très peur, l'ourson courut derrière l'auto pour rattraper la Juliette. Mais ses petites pattes ne pouvaient pas aller si vite... L'ourson s'assit tristement au milieu du chemin, il reprit son souffle puis il rentra chez lui, la tête basse.

Ses parents lui demandèrent pourquoi il avait cet air tristounet. L'ourson leur répondit qu'il voulait une Juliette.

— Une Juliette! Qu'est-ce que c'est, une Juliette?

Et il leur expliqua qu'une Juliette c'était comme une ourse sans poils qui marchait sur deux pattes et qui accrochait de drôles de petites vitres devant ses yeux. Et puis, une Juliette portait aussi une casquette et une jupette. Toute la journée, le petit ours parla de Juliette.

À la nuit tombée, lorsque ses parents le mirent au lit, l'ourson demanda une Juliette. Papa et maman ours lui racontèrent une histoire.

Mais le petit ours réclamait encore une Juliette...

Alors ils embrassèrent tendrement leur petit.

Mais l'ourson souhaitait toujours une Juliette...

Alors ils lui chantèrent une berceuse.

Quand le petit ours fut enfin endormi, les parents se regardèrent, embêtés. Où pouvait-on trouver une Juliette?

Pour son anniversaire, l'ourson reçut des lunettes, une casquette et une jupette. Vite il s'empressa de retourner les vêtements en tous sens, mais il avait beau regarder, il n'y avait pas de Juliette dans le costume.

Alors, le petit ours mit ses lunettes, sa casquette et sa jupette et il partit à la recherche de sa Juliette. Il marcha longtemps, longtemps, et finit par arriver à la ville. Il était si étonné de tout ce qu'il voyait autour de lui – les édifices, les voitures, les rues – qu'il faillit se faire renverser par un camion.

Il entra dans une boulangerie.

— Bonjour, petite! s'exclama le boulanger. Tu passes bien tôt l'Halloween. Comment t'appelles-tu?

— Ju-li-ette! dit le petit ours.

— Tiens, Juliette, ces bonbons sont pour toi.

L'ourson regarda autour. Il n'y avait pas de Juliette ici. Alors, il sortit de la boulangerie et il avala tous les bonbons d'un seul coup! Sloup!

Puis, il aperçut des Juliette dans la vitrine d'une boutique. Il entra. C'était un magasin de vêtements d'enfants.

— Bonjour, tu cherches quelqu'un? demanda la vendeuse.

— Ju-li-ette! répondit le petit ours.

— Ah! Je regrette, ma belle, Juliette ne travaille pas aujourd'hui.

L'ourson s'approcha des Juliette de la vitrine. Ce n'étaient pas de vraies fillettes, mais des mannequins de plâtre. Déçu, il sortit de la boutique et marcha dans la ville. Il se sentait de plus en plus seul. Où donc étaient les Juliette?

Soudain, son cœur se mit à battre très fort. Plus loin, il y avait une école. Des enfants costumés jouaient dans la cour. Tout joyeux, il courut vers eux.

Il joua avec une Juliette habillée en sorcière qui lançait un ballon rouge au ciel. Le petit ours attrapa le ballon, mais avec ses griffes il le creva. La sorcière se mit à pleurer. L'ourson était tout à fait désolé et restait là, désemparé. Un enfant déguisé en squelette vint consoler la sorcière. Le petit ours s'éloigna tristement.

C'est alors qu'une fillette habillée en lapin s'approcha et lui tendit une carotte. Elle portait des lunettes, une casquette et une jupette... Le cœur du petit ours s'emballa.

— Ju-li-ette! Ju-li-ette! dit l'ourson en prenant la fillette dans ses bras.

Il lui fit un gros câlin, se roula en boule, pirouetta, sauta, dansa autour de l'enfant-lapin. La petite, étonnée, se mit à rire, tout heureuse de trouver un ami aussi enthousiaste.

Le petit ours ne quitta pas l'enfant-lapin d'une semelle. Après l'école, il la suivit jusque dans sa maison.

— Comment t'appelles-tu? demanda la maman à l'ourson.

— Ju-li-ette, répondit-il.

— Tu as un très beau costume d'ours, Juliette, dit le papa.

Puis on passa à table. L'ourson avait faim: il mangea tout le contenu de son assiette et il vida un pot de miel.

Le soir tombait tout doucement. L'ourson ressentit soudain une petite tristesse. Il pensait à son papa et à sa maman qui s'inquiétaient sûrement pour lui.

La fillette l'invita à jouer dans sa chambre, et c'est alors que l'ourson aperçut une toute petite Juliette sur le lit.

— Ju-li-ette! Oh! Ju-li-ette! fit-il, émerveillé.

— Tu aimes ma poupée? dit-elle en la lui tendant.

L'ourson prit délicatement la poupée entre ses pattes; il la berça et l'embrassa.

Toute la soirée, il la garda sur son cœur.

NIM

Tout à coup, on entendit des grattements et des grognements à l'extérieur. Le père ouvrit la porte et deux gros ours apparurent.

— Bonsoir. Quelle bonne idée de vous être déguisés en ours comme votre Juliette! Nous aurions dû nous costumer en parents-lapins, nous aussi.

Tout heureux, le petit ours se jeta dans les pattes de ses parents. Puis il leur montra la poupée. Papa et maman ours sourirent. Il était bien débrouillard, leur ourson. Il voulait une Juliette? Il avait trouvé une Juliette!

Mais il était temps de rentrer à la maison. Le lapin et l'ourson s'embrassèrent tendrement.

— Je te donne ma poupée. Bonne nuit, Juliette!

— Ju-li-ette! répéta le petit ours qui grimpa sur le dos de son papa.

Et les trois ours partirent en direction de la forêt. Cette nuit-là, l'ourson s'endormit en serrant dans ses bras la poupée Juliette qu'il emporta dans ses rêves.

La fillette, elle, ne revit plus son ami l'ours. Pour la consoler, ses parents lui offrirent un ourson en peluche qui ne la quitta plus jamais, jamais.

Achevé d'imprimer
sur les presses de Litho Acme inc.